LA

COURONNE D'OPHÉLIE.

POÉSIES DU MÊME AUTEUR :

UNE VOIX DE PLUS.

Un volume in-18, édition de luxe.

PARIS. — Imprimerie SCHNEIDER ET LANGRAND
rue d'Erfurth, 1.

LA

COURONNE D'OPHÉLIE

PAR

AUGUSTE DESPLACES.

PARIS,

P. MASGANA, ÉDITEUR.

12, GALERIE DE L'ODÉON.

MDCCCXLV.

LA

COURONNE D'OPHÉLIE.

SUR LE TITRE.

I.

Du jeune Hamlet lorsque l'amante en pleurs,
Le long des eaux allait, au mois des fleurs,
Allait chantant d'une voix égarée,

La pauvre enfant, qu'Amour troublait alors,
De la saison pillait tous les trésors;
Et sur sa tête étrangement parée

Au vert fenouil s'entrelaçait un brin
De folle avoine unie au romarin :
Herbes et fleurs, couronne bigarrée!

II.

Ma Fantaisie est comme Ophélia :
Dans sa couronne, auprès du dahlia,
Auprès du myrte on voit le brin de mousse.

Et, bien qu'elle ait aux jardins, aux forêts,
Fait en tous lieux sa moisson, je serais
Fier et content si quelque verte pousse :

Si, pure et belle, et de vives couleurs,
Dans l'herbe folle une seule des fleurs
Jetait pour l'âme un peu de senteur douce.

STANCES.

Je n'ai pas de ces larges ailes
Qui plânent sur un monde entier :
Mon domaine est un frais sentier,
Mes astres sont des étincelles.

Si la rose m'ouvre son cœur,
Je m'enivre de son arome ;
Je recueille tout frais atome,
Je bois toute fine liqueur.

De mes butins les plus frivoles
Je fais emploi substantiel,
Et plus d'un estime le miel
Dont je remplis mes alvéoles.

Il faut de plus robustes reins
Pour soulever les gros poëmes ;
Les sonnets, les rondeaux eux-mêmes
Vont mieux à mes légers burins.

Je laisse courir dans la plaine
Les rimeurs plus aventureux ;
Moi, d'un pas calme, derrière eux,
Je vais, rimeur de peu d'haleine.

De tous les arts je fais le tour,
J'ai leurs secrets, et pour mes stances

Je prends au peintre les nuances,
Au statuaire le contour.

Des ellipses je fais étude ;
Une phrase aux pans bien taillés
Tient mes esprits émerveillés
Au charme de son attitude.

Toujours me voit-on faire aussi,
Artiste selon ma nature,
Le camée ou la miniature,
Les œuvres d'art en raccourci.

HYMNE A LA JEUNESSE.

Apportez-moi du vin, et du plus petillant !
Qu'il échauffe mon cœur, que le rire brillant
Sur mes lèvres en feu renaisse.
Que la troupe des vieux s'éloigne ; à mes côtés
Je veux des jeunes gens et des jeunes beautés,
Car je vais chanter la jeunesse.

Quand tu passes, les yeux baissés, pleins de pudeurs.
Ton beau front, rougissant des plus belles ardeurs,
Chacun, Déesse, te salue ;
Toi qui, pour commander à nos destins mouvants,
Es la reine, aux cheveux baisés des plus doux vents.
Par le ciel et la terre élue.

Chacun te dit sacrée, et chacun a raison.
Les plus purs sentiments brillent dans la saison
Où ton astre dore la vie.
Dieu te donna le charme, et pour sœur la Beauté.
Et pour frère l'Amour : céleste parenté
Que tout homme en son cœur t'envie.

C'est toi qui fais la terre embellie au printemps.
Toi qui dans les regards mets des feux éclatants,
Toi qui sur les fronts qu'on admire
Fais d'une main prodigue ondoyer ces cheveux
D'où pleuvent pour l'amant, couronné dans ses vœux.
Toutes les senteurs de la myrrhe.

C'est toi qui fais un front veiné d'azur. Ta main
Donne aux pieds la vitesse, aux lèvres le carmin;
Ta puissance est une magie.
Tu répands à ton gré les dons les plus divers;
D'une haleine tu fais les ombrages plus verts,
Tu remplis les cœurs d'énergie.

C'est par toi que la femme a son sourire frais.
Tu séduis, ton empire est aimé; tu parais,
L'amour s'élance sur tes traces.
C'est toi, lorsque Vénus les menait à ses jeux,
Qui donnais la voix pure avec le sein neigeux
Aux chœurs des Nymphes et des Grâces.

Jadis à ton autel, déesse Juventa,
Tous les chanteurs latins criant : *O Venusta!*
T'exaltaient dans leur plus beau texte;
Et des jours moins sereins abordant le souci,
Les enfants venaient tous à ton autel aussi
Déposer la robe prétexte.

J'y viens comme eux. Le cœur plein d'un fervent émoi,
Je t'invoque à mon tour, Déesse ! Écoute-moi.
Ne me sois pas trop rigoureuse.
Jamais agréas-tu d'hommages plus tremblants ?
Vint-il à toi jamais une âme aux purs élans,
De tes faveurs plus désireuse ?

Quoique j'aie en mon cœur plus d'un chagrin cuisant,
Ce n'est pas (j'en bénis le ciel) pour le présent
Que je t'implore avec alarmes ;
Je connais l'insomnie et je connais les pleurs,
Mais sur ma joue encor renaissent tes couleurs
Quand l'amour en a bu les larmes.

Bien des fois mon visage, entre mes mains caché,
Est tombé sur mon sein ; mais à ce front penché,
Où trop souvent l'angoisse crie,
Si l'ardente pensée en faucha quelques-uns,
L'amante trouve encore assez de cheveux bruns
Pour y noyer sa main chérie.

Dussent plus de douleurs à tes dons se lier.
Je t'adore, ô Jeunesse, et viens t'en supplier.
Sois lente à déserter ma vie.
Laisse-moi sous ton aile, au printemps abrité,
De mon astre voyant la constante clarté,
Des hivers en vain poursuivie.

Ton éclat de la veille est demain obscurci.
J'ose t'en conjurer, de tes faveurs ainsi
Pour moi ne restreins pas la somme.
Fais que, vainqueur des ans, je sois pour eux sacré;
Tiens-moi sous ton égide, et quand je passerai,
Qu'on dise toujours : Ce jeune homme!

Car toi seule, ô Jeunesse, à mes yeux as du prix.
Les autres biens, pour moi qui les tiens en mépris,
Ne valent pas la fleur des landes.
La gloire m'a souri, sans m'avoir abusé;
Sur quel front, plus que moi de ton culte embrasé,
Irais-tu poser tes guirlandes?

Versez-moi donc, amis, à pleins bords, un vieux vin !
Quand le rimeur a bu, son chant est plus divin.
Autour de moi soyez en groupe ;
La stance dite, en chœur répondez à ma voix :
Je chante la Jeunesse, et pour elle deux fois,
Je veux deux fois vider ma coupe !

STANCES.

A SAINTE BEUVE.

Pour ceux-là que l'âme tourmente.
Si du miel à mon vers Dieu donnait la douceur.
Ma muse serait une sœur
Tout aussi tendre qu'une amante.

L'aile ardente, le verbe doux.
Comme la jeune muse irait, de sa main blanche,
Relever tout front qui se penche,
Tous ceux tombés sur leurs genoux !

Ces tristesses pour moi sacrées
De mes vers en offrande auraient les plus touchants;
J'aime à porter l'urne des chants
Aux lèvres de bonheur sevrées.

Pour les yeux éteints à moitié,
Pour les tempes en deuil, ceintes d'un voile blême.
En mon âme triste elle-même
Je sens une immense pitié.

Quand pour d'autres ont plus de charme
Des couleurs du plaisir les vers tout pavoisés,
Moi, des yeux sur mon luth posés,
Heureux si je tire une larme.

Car elle aime à se rappeler
L'âme qui les répand ces pleurs en douce pluie.
Et la femme qui les essuie,
Et le chant qui les fait couler.

LES VIOLETTES.

A ***.

En mars on voit les violettes.
Bravant des bises les frissons,
Par leurs haleines indiscrètes
Se trahir au pied des buissons.

Leur parfum que les froids, la veille,
Tenaient dans le sol enfermé,
C'est du printemps qui se réveille
Le premier soupir embaumé.

J'étais cette fleur délicate,
Captive sous les vents aigus ;
Lui qu'un rayon d'amour dilate,
Mon cœur glacé ne battait plus.

Mais j'ai senti que tout mon être
Sous vos yeux vibrait doucement :
D'un cœur éteint qui va renaître,
C'est le premier tressaillement.

AUX FEMMES.

Guerrières aux bras blancs, aux glaives bien trempés,
Qui triomphez toujours des cœurs que vous frappez.
Vous, nos conquérantes, ô femmes !
Pourquoi donc à nos yeux de tous vos mouvements
Etaler la mollesse et les enchantements ?
Ayez plus en pitié nos âmes !

Afin de nous traîner esclaves à vos chars,
O guerrières, pourquoi ces prestiges, ces fards.
Ce cou gracieux qui s'incline ?
Sur vos lèvres pourquoi ce ravissant babil
Plus coquet que le chant du linot, en avril.
Dans les ormes, sur la colline ?

Oh ! ne faites jamais scintiller à plaisir
Ces souris enivrants, amorces du désir,
    Qui nous prennent, nous autres hommes !
Contre nous de vos yeux n'armez pas les rayons.
Car à ce doux mirage, ô femmes, nous croyons,
    Cœurs trop faciles que nous sommes !

Enchaînez vos regards, tenez-les recueillis.
Comme la mouche à miel qui de la rose au lis
    Porte son aile et son caprice,
Abeilles, n'allez pas sans pitié ni repos,
Butiner en tous sens les arbres de l'enclos :
    Posez-vous sur un seul calice.

ÉGLANTINES ET ABEILLES.

Je sais, tapissé d'herbe tendre,
Loin de la ville, un frais sentier,
Où j'aime, rêveur, à m'étendre
Sous l'ombrage d'un églantier

Le mois de juin couvre ses branches,
Riche parure du buisson,
D'églantines roses et blanches
Dont je fais une ample moisson.

Quand les pleurs des nuits les ont faites
Humides, c'est plaisir de voir
Le soleil, en ces gouttelettes,
Reluire comme en un miroir.

Mais quand les corolles vermeilles
N'ont plus de rosée en leur sein,
Pour s'y suspendre, les abeilles
Accourent, amoureux essaim.

Toutefois, frivoles amantes,
Elles viennent tard, ayant peur
De ternir leurs ailes charmantes
Au calice plein de vapeur.

Car, en courtisant l'églantine.
L'églantine aux belles couleurs.
En elle, l'essaim qui butine
Cherche du miel, et non des pleurs.

Oh ! je n'imite pas l'abeille.
Madame, quand je viens à vous.
Vous, la rose blanche et vermeille
Que je respire à deux genoux.

Je n'attends pas, moi, que rieuse.
De ses baisers consolateurs,
La félicité radieuse
Ait à vos yeux séché vos pleurs.

Mais ces pleurs, femme au front d'ivoire,
Ces pleurs sous le voile abrités.
Je ne demande qu'à les boire,
Ce seront là mes voluptés.

CARPE DIEM.

« Tandis que la Jeunesse amie
Vous prodigue les dons du temps
Qui berce sa barque endormie
Sous vos ombrages de vingt ans;

« Tandis qu'à vos fronts étincelle
La couronne des jours vainqueurs;
Qu'en éclairs, de vos yeux, ruisselle
Le feu qui brûle dans vos cœurs;

« Hâtez-vous. Dans les ondes vives
C'est l'heure, ou jamais, de puiser;
Cueillez la fleur aux vertes rives,
Aux lèvres roses le baiser. »

Voici ce que chantaient les homm.
Aux frais vallons du siècle d'or.
Et voici, dans l'ère où nous sommes.
Ce que tout barde chante encor.

Comme un grain précieux qu'on sème.
Toutes les bouches ont crié,
Sur tous les modes, ce vieux thème
Que tous les cœurs ont varié.

Tandis que leur âme palpite
Aux pleurs amoureux des ramiers.
Salomon à la Sulamite
Conte cela sous les palmiers.

Horace, aux bords de Blandusie,
Buvant le falerne vermeil,
Vient, après ce grand roi d'Asie.
Proclamer ce sage conseil.

En leur galante bonhomie,
Plus tard nos vieux rimeurs gaulois
Redisaient la chose à leur mie....
Qui n'était pas sourde à leur voix.

Oh! ne le sois pas à la mienne,
Toi, ma beauté, mon cher souci;
Qu'en traits de feu ton amour vienne
Briller en mon ciel obscurci.

Attendre encor serait peu sage;
Aimons en des temps opportuns,
Aimons, tandis que ton visage
S'encadre de longs cheveux bruns.

LES MAINS PLEINES DE ROSES.

Je viens à vous, les mains pleines de roses,
Acceptez-les, offertes à genoux ;
J'ai pris soin de cueillir les plus belles écloses,
Et du jardin, voyez, je viens à vous,
Les mains pleines de roses.

La jardinière, en son malin caquet,
M'a dit, rieuse et devinant sans peine :
« Que voulez-vous, le lilas, la verveine ?
De quelle fleur vous faut-il un bouquet ? »

Ouvrez du cœur, ouvrez les portes closes,
Je viens à vous, les mains pleines de roses.

Et poursuivant : « Je sais des plus doux vœux
Par une fleur dévoiler le mystère ;

Fleur dit souvent ce que bouche doit taire,
Car mes bouquets sont d'éloquents aveux. »

Ouvrez du cœur, ouvrez les portes closes,
Je viens à vous, les mains pleines de roses.

J'ai répondu, souriant d'exprimer
Mes sentiments, au moins dans un emblême :
« Mettez la fleur qui veux dire : Je t'aime,
Et celle aussi qui conseille d'aimer. »

Je viens à vous, les mains pleines de roses,
Acceptez-les, offertes à genoux ;
J'ai pris soin de cueillir les plus belles écloses,
Et du jardin, voyez, je viens à vous,
Les mains pleines de roses.

BADINAGE.

Bien que les dons du cœur doublent de prix, madame,
Vos trésors de beauté,
Avouez cependant que vous avez dans l'âme
Un peu de cruauté.

Moi qui, sans que j'attende, ou même que j'envie
Un autre sort plus doux,
Passe à vous adorer le meilleur de ma vie,
Assis à vos genoux ;

Moi qui reste assoupi, sans que de mon ivresse
Je puisse m'éveiller,
Voici que maintenant sur ma jeune paresse
Il vous plaît de railler.

Et d'un malin accent : « Dites, à quoi, de grâce,
Pouvez-vous consumer
De vos jours sans travaux les heures? » — Je les passe,
Madame, à vous aimer.

Toutes je les consume, extases permanentes,
D'en bas à contempler
Les cimes de bonheur, les cimes rayonnantes
Où je voudrais voler ;

Où je voudrais, madame, en une chaste étreinte,
Vain espoir ! vœu jaloux !
Afin de vous aimer loin du monde, et sans crainte,
M'élancer avec vous.

Et dans vos yeux il faut qu'en salaire je voie
Un reproche moqueur !
Aussi, sans que vos mains l'allégent, quand je ploie
Au fardeau de mon cœur ;

Vous qui, riant tout bas de ma chère blessure,
    N'en avez nul souci ;
De blâmes indiscrets pour me faire l'injure,
    Pour me railler ainsi :

Bien que les dons du cœur doublent de prix, madame,
    Vos trésors de beauté,
Avouez cependant que vous avez dans l'âme
    Un peu de cruauté.

VILLANELLE.

I.

Voici le mois des amoureux.
Allez, ô couples bienheureux !
Aux arbres, caressés des brises,
Ravir leurs premières cerises.
 Allez, couples amoureux !
 Et de ces fruits savoureux

Rapportez plein vos corbeilles,
Vos corbeilles qu'à deux il est doux de remplir !

— Oui, les cerises sont vermeilles,
Mais je suis seul à les cueillir.

II.

Voici le mois des amoureux.
Allez, ô couples bienheureux !
Au bois, sous les vertes ramées,
Ravir les fraises embaumées,
Allez, couples amoureux !
Et de ces fruits savoureux
Rapportez plein vos corbeilles,
Vos corbeilles qu'à deux il est doux de remplir !

— Oh! oui, les fraises sont vermeilles,
Mais je suis seul à les cueillir.

ENVOI A ***.

Pour s'y plaire, s'il faut que deux on s'y rassemble,
Quelque matin au bois irons-nous pas ensemble?

DANS LES BOIS DE MEUDON.

J'aime, je l'avoûrai, toutes les choses douces :
En été, la sieste, à midi, sur les mousses ;
Dans le demi-sommeil où je tombe souvent,
J'aime à sentir mes yeux caressés par le vent ;
J'aime, au bois, des senteurs sauvages ; dans ma chambre
De frais bouquets jetant un léger parfum d'ambre ;
Sous les taillis ombreux j'aime le son du cor,
Le chant du merle aussi ; mais j'aime plus encor,
Tandis qu'au loin le ramier pleure,
La voix, la douce voix qui me parle à cette heure.

DES BORDS DE LA CREUSE.

Aux heures où le jour va mourir ou va naître,
Puisque tu viens, dis-tu, rêveuse, à ta fenêtre,

Les yeux sur l'horizon, au poëte lointain
Jeter le doux salut du soir ou du matin ;
Oh! que l'oiseau chanteur dont l'aile fend l'espace,
Que sur mes rosiers blancs l'air embaumé qui passe.
Harmonie et parfum, que tout s'envole à toi,
T'enivre de senteurs et te parle de moi!

RONDEAU.

Le cœur s'abuse à maintes apparences.
Au moindre éclair, de folles espérances
Osent crier : Voilà bien le Soleil!
Puis, se trouvant jouet d'un faux éveil,
Le cœur trompé se brise en doléances.

Soyez prudents, soyez en défiances!
Pour voir le ciel teint de pâles nuances,
A saluer le bel astre vermeil
Le cœur s'abuse.

Ne risquez pas ainsi l'enjeu ; les chances
Tournent souvent contre les prévoyances.
Sur ce point-là croyez-en ce conseil :
A secouer les langes du sommeil,
Pour se jeter en d'amoureuses transes,
Le cœur s'abuse.

STANCES.

A BRIZEUX.

Jeune encore, en mon ciel sans voiles,
Champ d'azur d'astres émaillé,
Oh ! que j'ai vu poindre d'étoiles.
Éteintes sans avoir brillé !

Que j'ai vu, sans venir à terme,
De fruits en mon verger périr,

De boutons fanés dans leur germe,
De roses mortes sans s'ouvrir !

Que j'ai surpris d'ardents poëmes
Dans les sourires, dans les yeux :
Grains perdus, Amour, que tu sèmes
Sans faire éclore les aveux.

Aussi je doute et de la rose,
Et de l'étoile, et du regard ;
Et si je crois à quelque chose,
C'est à l'oubli, c'est au hasard.

—

STANCES.

Oh ! devant mon âme ravie
Quand ta beauté se dévoila,
Toute la brume de ma vie
A son beau soleil s'envola !

Le rayon de ton œil humide
Qui tombait sur mon cœur glacé,
Illumina, nouvelle Armide,
La sombre nuit de mon passé.

Je crus qu'enfin c'était mon heure,
Qu'enfin j'allais vivre à mon tour,
Et que la Joie en ma demeure
Viendrait sur les pas de l'Amour.

Mais ce n'était pas l'aube encore.
C'était l'éclair que l'ombre suit ;
Le jour, infidèle à l'aurore,
Replongea mon cœur dans sa nuit.

Quand, d'une voix de pleurs noyée,
J'eus versé mon cœur dans le tien,
Soudain, ô colombe effrayée,
Tu reculas, et tu fis bien !

Tu fis bien ; pour tarir ces larmes,
Pour calmer ce profond tourment,
Enfant, c'était peu de tes charmes,
Il te manquait le dévoûment

VŒU

Hélas! chacun de nous, à cette heure, attristé,
S'isole dans la ville où manque sa beauté,
Car le mois qui toujours ramène l'hirondelle,
Au nord a, ce printemps, emporté l'infidèle.

Ce qui fait plus amer le mal dont nous souffrons
Et plus morne l'ennui dont se voilent nos fronts,
Ce qui rend à nos cœurs l'absence plus cruelle
(Car nous l'aimions encor moins pour nous que pour elle),
C'est d'avoir à douter si, pauvre ange, elle a bien
Près d'elle un cœur aimant où reposer le sien,
Si loin de nous le ciel te garde, ô jeune femme!
Une âme sympathique aux langueurs de ton âme.
Car ce front, rayonnant des perles de l'écrin,
Parfois connaît aussi les ombres du chagrin,

Car ce n'est point une âme à traverser la vie
Sans qu'elle soit d'une autre appuyée et suivie.

C'est là de nos regrets le plus amer ; c'est là
Ce qui causa nos pleurs quand elle s'envola.

Mais que le ciel clément rende vaines nos craintes ;
Que toute main pour elle ait de douces étreintes :
Quand de sa bouche rose elle a dit : Je le veux,
Que tout, comme autrefois, obéisse à ses vœux.
Oui, dût sa joie au loin nous sembler une offense,
C'est de nos cœurs en deuil le souhait de vengeance :
Dût-elle en son bonheur, oui, dût-elle oublier
Jusqu'aux doux souvenirs qui devaient nous lier !

TRIOLET.

Les pleurs que je verse pour vous
Ne tombent pas sur vos mains blanches ;
Aussi sont amers entre tous
Les pleurs que je verse pour vous.
J'ai beau crier : Quels pleurs sont doux,
Amour, si tu ne les étanches !
Les pleurs que je verse pour vous
Ne tombent pas sur vos mains blanches.

STANCES.

A BOULAY-PATY.

Cantando, il duol si disacerba.
PÉTRARQUE.

En vain, quand j'invoque la muse,
Plein d'ennuis, las de pleurs amers,
Afin, par le charme des vers,
D'assoupir mon cœur que j'abuse :

Sur la lyre j'essaye en vain
Un chant où le ris se déploie,
La corde qui chantait la joie
Eclate en soupirs sous ma main.

J'ai beau sourire, j'ai beau feindre,
Forcer ma voix, sécher mes yeux,
Sous le bruit des accords joyeux
On entend ma lèvre se plaindre

C'est que l'âme ne peut mentir.
Si le front voile sa tristesse,
Du bonheur la riante ivresse
D'un sein brisé ne peut sortir

Si du fiel l'amertume plisse
Mes lèvres au vase où je bois,
Je ne saurais, faussant ma voix,
Vanter la douceur du calice.

Je ne suis pas de ceux pourtant
Qui se complaisent dans leurs larmes,
Le bonheur a pour moi des charmes,
Je le poursuis d'un vœu constant.

Car je sais tout le prix des choses.
J'aime la joie, et sur mon seuil
Au lieu des tentures de deuil,
Je voudrais voir pendre les roses.

J'estime la saveur du miel,
Sans que ma bouche la connaisse,
Et je proclame la jeunesse
Le plus beau don que fait le ciel.

Mais du cœur lorsque les blessures
Saignent sans jamais s'étancher,
Lorsqu'au hasard il faut marcher
Sans plus savoir de routes sûres ;

D'un bien trop aimé quand toujours
L'âme en secret pleure la perte;
Quand il n'est plus de feuille verte
Au bel arbre de nos amours;

De la joie alors le délire
Serait un supplice odieux,
Alors il faut que de nos yeux
Les larmes pleuvent sur la lyre.

RONDEAU.

Tombeau du cœur, sur qui l'on voit s'étendre,
Arbre où sans cesse un pleur se fait entendre,
Le noir cyprès des amours oubliés.
Bien des vivants, de tristesse pliés,
En ta nuit sombre ont du charme à descendre.

Sous le drap noir où tu les vis se rendre,
Ils sont en toi, l'orageux près du tendre,
Amours impurs aux chastes alliés,
Tombeau du cœur !

A ton cyprès, oui, plus d'un vient suspendre
Fleurs d'immortelle, ou des larmes répandre :
Car, trop souvent, par des maux palliés
Mais non guéris, nous te sommes liés,
De nos amours toi qui contiens la cendre,
Tombeau du cœur !

STANCES.

Des blancs jasmins, des roses que d'un geste
Elle effeuillait, une fois respirés,
Si vous savez en quel monde céleste
Le vent porta les débris consacrés.

Si vous savez l'idéale demeure
Où, de sa lèvre, ils ont pu s'envoler,
Ses chants d'hier oubliés à cette heure,
Oh! par pitié, dites, j'y veux aller.

Je veux aller où vont toutes ces choses,
Jouets aussi de son frivole amour,
Où vont les chants, où vont jasmins et roses,
Qui, comme moi, la charmèrent un jour.

STANCES.

Si j'ouvre mes lèvres aux rimes,
Confidentes des fronts rêveurs,
Ne pense pas que tu m'animes,
O gloire! à briguer tes faveurs

Si je chante, c'est fantaisie,
Besoin de répandre au dehors
Ce trop plein de la poésie
Qui du cœur tourmente les bords.

Aussi bien, comme une recluse
Qui se consumerait en moi,
Je tiendrais en cage la muse?
A d'autres ce brutal emploi.

Pour tenir l'alouette enclose
Son nid jamais n'a de lien,
Et quand veut éclore la rose
Sa tige le lui permet bien.

Contre les temps loin que je peste
Si dans l'oubli tombe ma voix,
Je me compare, peu modeste,
Au barde printanier des bois.

Sa voix, sans qu'un bravo s'y mêle,
Dans le silence éclate aussi.
Et cependant, la Philomèle
Chante aussi bien que la Grisi.

LE LAURIER-ROSE.

A ARSÈNE HOUSSAYE.

J'ai, sous mes yeux distraits et qu'une larme trouble,
En mon petit jardin, un laurier-rose double.
Les vents à mon fauteuil arrivent enivrés
De ses légers parfums en chemin savourés :
Douce odeur qui ravive, encens pur dont l'arome,
Mélange de jasmin et de vanille, embaume.

Depuis trois jours déjà, l'arbuste épanoui
Voit tristement tomber son luxe évanoui ;
Mais quoique de ses bras s'affaisse la parure,
Quoique de lui l'abeille éloigne son murmure,
S'il vient un lourd nuage au ciel rayé d'éclairs,
De l'arbuste fané, par les volets ouverts,
Les émanations qu'un vent humide apporte
N'avaient encor jamais eu de senteur si forte.

Ainsi d'une âme en pleurs ou d'un calice plein
Les parfums ont toujours plus de prix au déclin ;
Ainsi, poëte ou lis, toute chose odorante
Au cœur qui la respire est plus douce, mourante.

LA BERGERONNETTE.

A LACAUSSADE.

Par une belle matinée,
Quand le laboureur, dans son champ,
Promène, par ses bœufs traînée,
La charrue au soc écorchant ;

La terre, qu'il fend toute vive,
Laisse à nu graine et vermisseau,
Et la bergeronnette arrive
D'un vol joyeux, le pauvre oiseau !

Car c'est un grand festin pour elle
Que tous ces maigres petits vers

Qu'elle trouve, en battant de l'aile.
Dans les sillons à peine ouverts.

En la plaine où je m'aventure,
Champ que laboure la douleur,
Ainsi pour unique pâture
Je n'ai que bribes de bonheur.

Et quand cette frugale proie
Arrive à mon cœur attristé,
Pauvre bergeronnette en joie,
J'ai pour une heure de gaîté.

VERS ÉCRITS A L'ERMITAGE.

Certes, il était frais, ombreux, plein de mystère,
Sous sa tuile où venaient tes pigeons se percher,
L'habitacle discret, le petit coin de terre
Où tu vins, un temps, te cacher.

Tous poëtes l'ont fait, Jean-Jacques, ce doux rêve :
La maisonnette blanche où descend le sommeil,
Où le premier rayon de l'aube qui se lève,
Touche pur le volet vermeil.

Doux rêves de repos, sortis d'humains orages,
Rêves d'arbres touffus, des vents tièdes frisés ;
Tous les ont faits ces vœux de silence et d'ombrages,
Toi tu les as réalisés.

Vaine fuite du monde ! impuissantes retraites !
O grand homme inquiet, tu l'as trop éprouvé :
Le trouble à l'Ermitage, et le trouble aux Charmettes,
Nulle part le calme rêvé !

LE REPOS DU CŒUR.

Toi dont chacun poursuit les traces
Le front de tous les vents battu,
Unique bien des âmes lasses,
Repos du cœur, où donc es-tu?

Je t'ai cherché dans la tempête
Des villes, tourbillon d'enfer ;
Aux pieds des belles, sur ma tête
De leurs yeux noirs versant l'éclair.

Je t'ai cherché sous les feuillages
Des bois, du soleil abrités ;
Tu n'étais pas sous les ombrages,
Tu n'étais pas dans les cités !

Tu n'étais pas non plus, chimère,
Dans les bras ardents à s'ouvrir,
Où, lassé d'une ivresse amère,
J'ai bien des fois voulu mourir.

N'es-tu qu'un leurre? l'ironie
Que jette à l'homme le destin ?
Es-tu d'une terre bénie
Le fruit céleste, mais lointain ?

J'irais, j'irais à ta poursuite
Sur l'écueil des vagues battu,
Au sud, au nord ; mais, dis-moi vite,
Repos du cœur, où donc es-tu ?

STANCES.

Le front en sueur, les pieds las.
Ne dis jamais : Sur la colline,
Je me reposerai dans l'herbe. Hélas !
L'herbe encore y cache l'épine.

Peu de plaisirs, beaucoup de pleurs,
Du destin voici les lois dures ;
Chaque saison a ses douleurs,
Le printemps même a ses froidures.

La plus douce brise des nuits
Contre l'écueil aussi nous porte ;
Au moment de donner ses fruits,
La plus belle espérance avorte.

Aussi dans ce monde ennemi,
Où l'homme, fatigué de rêves,
Gémissant, lorsqu'il a gémi,
A son deuil n'attend plus de trêves;

Comme au tranchant du moissonneur
L'épi dont la tige se brise,
Puisqu'on voit tomber tout bonheur
Sous le tranchant de l'analyse;

Puisque le cœur, plein de détours,
Dément les soupirs de la bouche;
Puisqu'on n'a point l'âme toujours
Quand on tient le corps dans sa couche;

Puisqu'on trouve, quand se détruit
L'amour, ce refuge de l'âme,
Comme un ver au sein d'un beau fruit,
L'égoïsme au cœur de la femme;

Puisque l'aiguillon des chagrins
Fait saigner les plus grands courages :
Puisque les fronts les plus sereins
Sont tout retentissants d'orages ;

Sans rien désirer ni vouloir,
Fais donc, Ami, dès la jeunesse.
Du renoncement à l'espoir
Le principe de ta sagesse.

SONNET.

LA DERNIÈRE ROSE DE L'ÉTÉ.

(Imité de Thomas Moore.)

C'est dans l'isolement, sur l'arbuste effeuillé.
Que brille le carmin de la rose dernière.

Ses compagnes ayant vu tomber en poussière
Leur calice battu de l'orage, et souillé.

Sans y languir encore, ô triste solitaire !
Comme elles disparais du rameau dépouillé,
Tes sœurs ont, loin de toi, par les champs sommeillé,
Va rejoindre en débris leurs débris sur la terre

Puissé-je, de mon ciel quand fuiront sans retour
Les espoirs les plus chers, les visions d'amour,
Suivre ainsi dans la mort ces étoiles éteintes !

Quand tout a fui : quand sont couvertes du linceul
Les ferventes amours et les amitiés saintes,
En ce monde désert qui voudrait vivre seul ?

STANCES.

En ce monde où la tombe ouverte
A toute heure peut nous saisir,
Quel fruit d'or sur sa branche verte
Pour le sage vaut un désir?

A quel trésor pouvons-nous tendre
Qui soit digne, sans vanité,
Du mouvement que pour le prendre
Fait le bras qui l'a convoité?

De la douleur, de l'allégresse
D'où vient l'amertume ou l'attrait?
Quel bien trouvé vaut une ivresse?
Quel bien perdu vaut un regret?

Qu'importent, quand l'heure est passée,
Ses délices ou son tourment?
Souvent la joie est insensée,
La douleur un enseignement.

Tu le sais, et dans la souffrance
Si tu faiblis, jeune âme en deuil,
Le peu qu'a tenu l'espérance
Te laissa triste et sans orgueil.

Tu ressembles à la nature
Quand la saison est au déclin.
En vain dans l'atmosphère pure
La bonne Vierge épand son lin :

Vainement le soleil lui jette
Les mêmes sourires qu'en été ;
Des jours qui vont suivre inquiète,
Son beau front se penche attristé.

Pour vaincre sa mélancolie.
Tous les rayons du ciel sont vains ;
Elle sait bien qu'elle est pâlie,
Et que les autans sont prochains.

LE RIMEUR A LUI-MÊME.

Esprit troublé, cœur solitaire.
Pourquoi tous ces pensers, de tristesse obscurcis?
Puisque tu n'as point part aux biens de cette terre.
Garde-toi donc au moins d'en prendre les soucis.

La vie amère que la tienne !
Bien d'autres des chagrins ont senti l'aiguillon ;
Mais toi seul as toujours, sans bras qui te soutienne.
Et le front et le cœur livrés au tourbillon.

Pareil à la feuille du tremble,
Le moindre vent qui passe est ouragan pour toi.
Vois-tu poindre en ton ciel un nuage, il te semble
Qu'il enferme la foudre, et tu pâlis d'effroi.

Tout lien te semble une chaîne,
Tout obstacle un rempart impossible à franchir:
Toi qui ne sais qu'aimer, tu crois voir de la haine
Les ondes sur ton seuil prêtes à l'envahir.

Esprit troublé, cœur solitaire,
Pourquoi tous ces pensers, de tristesse obscurcis?
Puisque tu n'as point part aux biens de cette terre,
Garde-toi donc au moins d'en prendre les soucis.

A AMAURY.

EN RÉPONSE AU SONNET :

J'étais un arbre en fleurs où chantait ma jeunesse.

Non, l'arbre au glorieux feuillage
De tes jours encore au midi,
Malgré les tempêtes de l'âge
Ou quelque matin refroidi ;

Cet arbre, lyre au vent bercée,
D'où s'échappe un soupir divin,
Comme en jetait l'âme blessée
De Novalis ou d'Augustin;

Cet arbre, rayonnant et sombre
Que tout cœur aborde attendri,
Pour avoir étendu son ombre
Sur le front pâle d'Amaury ;

Non, cet arbre, quoi que tu dises,
Ne veut pas se découronner,
Et les coups furieux des bises
Ne feront que l'enraciner.

Non, la corneille blanche et noire
Ne s'y posera de longtemps ;
Mais la mésange y viendra boire
L'eau sur les feuilles au printemps.

L'abeille encore y viendra faire
Un miel impossible à trouver.
Et toujours l'âme solitaire
A son ombre viendra rêver.

ROSSIGNOLS ET JASMINS.

Si pour chanter, Seigneur, suivant ma faible voix,
Les femmes et l'amour, les vallons et les bois,
Le ciel et son azur, la terre et ses merveilles,
Ces œuvres de vos mains, grands objets de mes veilles ;
Si, de tous mes désirs poursuivant la Beauté,
J'ai des terrestres biens mis le soin de côté ;
Pour avoir ainsi fait, Estimateur suprême,
Lancerez-vous sur moi vos foudres d'anathème ?
Quand de vos jugements viendra l'heure, à vos yeux
Serai-je de ceux-là qui vous sont odieux,
Et devais-je bien mieux, plongé dans la matière,
A ramasser de l'or vouer ma vie entière ?

En retour du buisson, du grain, des vermisseaux
Qu'ils reçurent de vous, comme tous les oiseaux,
Parce qu'ils n'ont rendu que des chants pour salaires
Contre les rossignols aurez-vous des colères?

Dieu qui vous complaisez aux vapeurs de l'encens,
Pour qui les blanches fleurs sont d'augustes présents,
Des feux de vos fureurs sera-t-elle embrasée
La tige de jasmin, ployant sous la rosée?
Non, les doux rossignols et les jasmins penchés
Des glaives punisseurs ne seront point touchés.
Les uns, en votre gloire embaumèrent l'aurore,
Les autres dans la nuit pour vous chantaient encore.
Et peut-être à vos yeux auront-ils plus de prix
Que ces hommes brutaux qui les ont en mépris.

Pour chanter vos splendeurs dont mon âme est éprise,
J'ai mis dans mes accents les douceurs de la brise.
Fidèle au sentier pur à mes désirs tracé,
Des viles passions, qui l'eussent rabaissé,
J'ai garanti mon cœur épris des belles choses,
Afin qu'il monte à vous dans l'haleine des roses ;
Aussi, j'en ai l'espoir, je serai près de vous,
Le jasmin épargné, le rossignol absous.

LE CLOCHER N'EST PLUS AU MILIEU DU VILLAGE.

A MON PÈRE.

Là-haut sur la colline, encadré de feuillage,
Aux yeux du voyageur sourit ce frais village.
Le pommier des enclos, que son fruit fait ployer,
Le cerisier de neige au printemps, le noyer,
Tous ces arbres épars, de fleurs et de verdure
Font à cette bourgade une riche bordure.
Voyez, la tuile est neuve aux toitures ; la chaux
Resplendit aux pignons quand les soleils sont chauds.
Pavé de cailloux fins, sans fondrière aucune,
Ce chemin fait vraiment honneur à la commune ;
Mais aidez mon regard, je m'épuise à chercher
Au centre du hameau l'aiguille du clocher.

Ne lui demandez pas son église : en réponse,
Le passant vous dirait : Regardez sous la ronce.

Car le village impie a pu voir sans remords
Crouler la maison sainte auprès du clos des morts.
Le temps l'a renversée, et la pariétaire
Couvre de ses longs bras tous ces débris à terre.
La mauve sacrilége en leur niche a voilé
La Vierge sans couronne et le saint mutilé ;
Les serpents ont peuplé la ruine, et l'orfraie,
Le soir, y pousse un cri dont le hameau s'effraie.

Villageois esprits forts, graves municipaux
Dont je vais admirant les chemins vicinaux ;
Vous, gardiens éclairés de toutes vos franchises,
Pourquoi donc ce dédain à l'endroit des églises ?
Vous qui complaisamment parlez haut de vos droits,
Serait-ce une raison de mépriser la croix,
Et si plus un de vous n'est serf et corvéable,
Le Dieu qui l'a permis est-il moins adorable ?

Si du moins ces débris, au culte encor voués,
S'ornaient de rameaux verts en guirlandes noués ;

Si l'offrande du cierge, au jour de l'assemblée,
Sur les dalles était par les veuves brûlée :
Le cœur serait ému de voir, silencieux,
Des croyants prosternés sous le dôme des cieux,
Et plus touchante encor semblerait la prière
Devant l'autel, caché sous les touffes du lierre.
Mais on n'a plus besoin de prier dans ses maux ;
L'homme n'a rien à dire à son Dieu ; les hameaux
Laissent dans l'égoïsme et parmi les épines
Leur église et leur foi s'en aller en ruines :
Le paysan stupide a le cœur en repos
Quand il a fait son champ et payé ses impôts.

Ah ! je connais mon temps et je sais la tourmente
Dont le cœur est saisi, quand le doute y fermente.
La science est menteuse, et plus d'un grand esprit
En son gouffre perfide et se plonge et périt.
Mais vous, dans l'ignorance et loin des capitales,
Qui n'avez bu jamais aux doctrines fatales ;
Vous, demeurés aux champs, parmi l'herbe et les fleurs ;
Vous, témoins des saisons et des belles couleurs

Dont le firmament pur, comme une immense toile,
Depuis l'aube se teint jusqu'à la blanche étoile ;
Vous qui suivez des yeux les spectacles touchants
Du livre varié dont les mois sont les chants ;
Vous pouvez, le cœur clos à des beautés pareilles,
Mettre en oubli le Dieu qui vous fait ces merveilles ?
Quoi ! la pluie à son heure et l'air tiède envoyés
Jaunissent vos sillons sous leurs épis noyés ;
Vos herbes, grâce à Dieu, du printemps caressées,
Dans la grange opulente arrivent à brassées,
Et ces biens, de vos jours l'espoir et le souci,
Ne vaudraient pas de vous pour le ciel un merci !

Ah ! les temps sont mauvais et la terre est sans charmes,
Et tout sein de prophète est palpitant d'alarmes,
Et je crains que, lassé de bénir des ingrats,
Dieu d'un monde sans foi ne retire son bras.
Un jour luira peut être où ne donnant à l'homme
D'autre aide à son travail que les bêtes de somme,
Il montrera combien l'impie est insensé,
Et combien misérable à lui-même laissé.

A vos stériles champs l'onde étant refusée,
Les germes sécheraient dans la terre embrasée ;
Les bois pleins de mystère, au printemps chevelus,
De feuilles dépouillés ne reverdiraient plus.
Alors le Dieu puissant se ferait bien connaître.
Mais que vais-je prédire, et qu'importe ? peut-être,
Du ciel si ces faveurs ne vous arrivent point,
Vous les pourrez avoir du maire... ou de l'adjoint.

SUR LA QUESTION VINICOLE.

Les quatre vents du ciel, en France,
Ne roulent que des bruits tonnants,
Eclats du négoce en souffrance
Criant misère aux gouvernants.

Le sucre et la soie en révolte
Sont drôles, j'aime mieux pourtant
Le vin qui veut de sa récolte
Nous griser — à denier comptant.

Messieurs des chambres haute et basse,
Qui faites sourde oreille en vain,
Voyons un peu, qu'on s'embarrasse
De pourvoir au débit du vin

Tel gras citoyen de Saintonge,
Sans quoi, de soucis va blanchir,
Car le pauvre homme, qu'on y songe,
Pourrait tarder à s'enrichir.

Sur les côteaux de la Gironde,
Tel clos d'une immense valeur
Produirait somme un peu moins ronde
Et vraiment, ce serait malheur.

Allons, comme de longs rosaires
Sans dévider vos longs propos.
Otez à ces grandes misères
La lourde chape des impôts.

Si j'osais, quand vous portez aide
Au commerce coalisé,
Pour d'autres... Mais on vous obsède
Et je serais mal avisé.

« Du tout, car nous sommes bons princes.
Direz-vous, prompts à secourir :
De quel rang, de quelles provinces
Sont les gens qui peuvent souffrir ?

« Sont-ils jurés, sont-ils notaires
Ou conseillers municipaux,
Capacités propriétaires
Payant deux cents livres d'impôts ?

« La loi protége qui possède,
Qui n'a rien se peut tenir coi. — »
Alors ceux pour qui j'intercède,
Légalement sont hors la loi.

Car, messieurs, à ne vous rien taire,
Ceux-là, dénûment sans pareil,
Ils n'ont pas un pouce de terre,
Pas d'autre or que l'or du soleil.

Ils n'ont, eux, ni grasse campagne,
Ni de fabriques dans le Nord,
Leurs châteaux sont tous en Espagne,
Ce qui n'est pas d'un grand rapport.

Sombres jouets de leur attente,
Au budget ils n'ont point de part,
Car ils poursuivent, sans patente,
Pauvres dupes, les biens de l'art

L'espoir trompé, la faim, l'étude
Les poussent de leur glaive ardent
Vers la tombe où, de lassitude,
Leur pied glisse... Mais cependant,

Messieurs des chambres haute et basse,
Qui faites sourde oreille en vain,
Voyons un peu, qu'on s'embarrasse
De pourvoir au débit du vin.

DISTIQUES.

Je passe ma vie au pied des statues
De plis transparents à peine vêtues.

Plus que des couleurs épris des contours,
Du marbre taillé je fais mes amours.

Qui peut admirer nos femmes françaises?
Où le front est beau, les mains sont mauvaises.

Telle a, grands et noirs, des yeux de velours,
Mais la gorge plate, ou de gros pieds lourds.

Rien de complet, rien qui vous satisfasse :
Un défaut ternit le corps ou la face.

Aussi, sous la mante ou sous le réseau,
Tout pâlit devant l'œuvre du ciseau.

La ligne ondoyante y monte formelle
Du genou qui ploie au sein qui pommelle.

Mais de vous, sans fard, sans voiles, pieds nus,
Femmes, qui pourrait se dire Vénus?

C'est donc, et plus d'un le pense de même,
Sans qu'on vous admire, assez qu'on vous aime.

TABLEAU DE GENRE.

A J. L.

Dans ta chambre gothique admis l'autre matin,
Seul avec toi, j'allais (jeune abeille au butin,
Qui volontiers s'égare en toutes les prairies),
J'allais, suivant au vol tes doctes causeries.
La prose en nos discours s'entrelaçait au vers,
Quand soudain apparut, en nos propos divers,
Comme un groupe riant qui traverse des rondes,
La mère aux bandeaux bruns menant deux têtes blondes.

Or, depuis ce jour-là, sur ton œuvre penché,
Comme dans un miroir, j'ai longtemps recherché,
Faits d'une main que l'art de puissance a pourvue,
La mère et les enfants, poésie entrevue !

Ne trouvant pas la fleur cachée en un repli,
Poëte fortuné, je t'accusais d'oubli.
Mais soudain, devant moi, dans un coin du volume,
Cygne cachant aux yeux la blancheur de sa plume,
Frais calice gardé du vent, a repassé,
En un long voile d'or que tes mains ont tissé,
Sous le dais de ton vers, comme sous une mante,
Du beau front maternel la vision charmante.

LES ROCHERS DE FONGOMBEAU.

AU SCULPTEUR JOUFFROY.

Des rocs de Fongombeau j'aime les dentelures.
Ils ne sont pas taillés en droites cannelures
Comme fûts de colonne évidés avec art :
Ces blocs étrangement entassés au hasard.

Que n'émurent jamais les accents d'un Orphée.
Sont l'ouvrage du temps, ou celui d'une fée.
On dirait qu'un Esprit, venu là se percher.
D'une main fantastique a pétri le rocher,
Et façonnant la pierre en profils gigantesques.
Précurseur de Callot, a sculpté des grotesques.

GREUZE.

J'aime à chercher, au bas des galeries.
Les Miéris, les Holbein, les Wynants,
Car de mes yeux les peintures chéries
Ne sont toujours les maîtres rayonnants.

Que dans le haut se déroule à son aise
La Cène, ou bien de Cana le banquet:
Mais sous Rubens, Poussin ou Véronèse,
De Van-Huysum qu'on admire un bouquet.

Bouquets vivants, fruits à pleines corbeilles !
Raisins dorés et pervenches d'azur,
Nature vraie au point que les abeilles
Du blanc jasmin vont à l'abricot mûr.

Vous n'aimez, vous, que toile triomphante,
Enfer ou ciel, Satan ou Jéhova ;
Moi, j'ai du goût pour une blonde infante
Qu'a peinte en pied Vélasquez de Silva.

Du Pérugin une vierge à mésange
Me tient l'esprit un quart d'heure en émoi ;
Mais des pinceaux habiles aux fronts d'ange
Nul autre encor ne vaut Greuze pour moi.

Il sait voiler, peintre de jeunes filles,
De pleurs si vrais leurs yeux intelligents !
Un tel accord sourit dans ses familles !
Ses beaux vieillards sont de si bonnes gens !

Aussi souvent revois-je en ma pensée
Ses blonds cheveux ceints d'un ruban de lin,

La jeune fille à la cruche cassée,
Toile où s'unit le naïf au malin.

Car la fillette est triste, non sans cause,
On le devine à son pâle souris,
Et plus encor cette gorge en déclose,
D'où pend fanée une rose en débris.

PAYSAGE.

A T. ALIGNY.

Oui, ces champs consacrés de Rome et de l'Attique,
Ton pinceau nous les rend pleins d'une grâce antique,
Et dans ce frais vallon, d'un air doux caressé,
Je crois facilement que la Nymphe a passé.
Sur ces bords, de l'abeille adorés, que courtise
Un flot pur, les chevreaux ont brouté le cytise.

Cet arbre qui se penche, ému d'un faible vent,
Des accents de la lyre a frémi bien souvent.
Quand deux bergers luttaient d'une voix alternée,
Ou quand Homère aux bois contait sa destinée.
Réveillant du passé la muse qui se tait,
Ainsi tu peins ces lieux comme André les chantait.
C'en est bien le génie! En ces grands paysages,
Tu reproduis encor le calme des vieux âges.
La lune au front d'argent se lève en un ciel pur,
Et la fumée au loin, en colonnes d'azur,
Les airs étant sereins, monte des toits d'argile
Dans tes soleils couchants qu'aurait aimés Virgile.

A UN POËTE ÉPIQUE.

Pourquoi m'aiguillonner toujours aux grandes choses,
Ami? j'ai tant de mal à cultiver mes roses!
Mon enclos d'un arpent, tout peuplé d'arbres nains,
Où parmi les sonnets fleurissent les huitains;
Qui veut, gardé du froid que chaque plan redoute,
De soleil un rayon, de rosée une goutte.
A le bien émonder (les forts en souriront)
M'a fait encor pleuvoir bien des sueurs du front.
Planez haut, j'applaudis. Portez vos mains robustes
Aux grands troncs; moi j'ai peine à tailler mes arbustes
Puis les trompes d'airain ne sonnent en tout lieu;
On entend au verger le pinson. Le bon Dieu,
Qui non moins qu'un palmiste aime la germandrée,
Faisant des lots divers à tout âme qu'il crée,
Donne à l'aigle les monts, la haie au roitelet :
Donc à vous l'épopée, à moi le triolet.

A LUCY.

Où donc a pris telle senteur
La fleur que ce matin, belle, tu m'as donnée ?
Elle jetait, quoique fanée,
Des parfums qui m'allaient au cœur.

Était-ce l'odeur naturelle
Qu'en son calice pur déposa le printemps ?
Mais les roses, ses sœurs, comme elle,
Ne font pas les cœurs palpitants.

Ni du vallon, ni de la plaine
N'est venu cet arôme à ses débris resté ;
Elle a touché deux fois tes lèvres, ma beauté,
Et son parfum, c'est ton haleine.

TRIOLET.

Ma belle et moi nous fîmes un marché
Que tout poëte aurait voulu conclure,
Au gain friand jeune couple alléché,
Ma belle et moi nous fîmes un marché.
J'avais, par vers galant et bien touché,
Un baiser d'elle ; aussi, je vous le jure,
Ma belle et moi nous fîmes un marché
Que tout poëte aurait voulu conclure.

A FÉVRIER.

Non mihi pigra nocent hibernæ frigora noctis.
TIBULLE.

Sous le givre, ce soir, tandis que dans la rue,
Attendant ma beauté, je fais le pied de grue,
Mois des bises, facile au vœu d'un jeune amant,
Pour un quart d'heure au plus, Février, sois clément.
De mon corps en pitié prends la délicatesse;
Pour lui de ton haleine adoucis la rudesse;
Fais que la giboulée, en tourbillons moins froids,
Quand mon cœur est en feu ne glace pas mes doigts.
Je t'en fais le serment : à ton autel sans feuilles,
Ecoute, si mon vœu, sans tarder, tu l'accueilles,
A ton autel sans fleurs je suspendrai, demain,
D'un bouquet en débris la rose et le jasmin,
Les fleurs à son corsage en nos plaisirs brisées,
Et qu'en me les donnant ma belle aura baisées.

LES PROJETS DÉJOUÉS.

Je lui disais : « Voici le printemps, mon amie ;
Restez entre mes bras, ce matin, endormie :
Mais dans huit jours, avril ayant verdi les bois,
Ma belle, il faudra bien s'éveiller à sa voix,
Bénir son gai retour, et courir, en abeille,
De Versaille à Meudon butiner sa corbeille.
Sur mon cœur cependant, paresseuse, dormez,
Sur mon cœur plein d'amour, et sous mes yeux charmés.
Oui, mais luise un beau jour, de vos cheveux, maîtresse,
Il faudra sous la paille emprisonner la tresse ;
Nous fuirons la mansarde, et le long des ruisseaux,
Vous me direz mes vers, pour qu'ils me semblent beaux ;
Car, ô belle, en passant sur vos lèvres ambrées,
Les stances de l'amour résonnent plus sacrées.

« Que vois-je ? à mes discours on fait comme au sermon.
Bien ! tant qu'il vous plaira, dormez, joli démon.

Je gage, pour courir au bois, sous la feuillée,
Que vous serez, lutin, la première éveillée ;
Et quand nous passerons, légers comme des faons,
On dira devant nous : Où vont ces deux enfants ?
Oh ! nous n'allons pas loin ; nous allons, sous les branches,
Chercher un peu d'ombrage, et cueillir des pervenches :
Ce buisson nous sourit, car une haie en fleur
Unit bien son parfum à celui du bonheur.
Laissez-nous, j'ai tout bas bien des chants à lui dire,
Car sous ses yeux divins mon âme devient lyre ;
Le printemps fait les cœurs comme les bois germer,
Et quand on a vingt ans il est bon de s'aimer. »

Or la belle, ravie à tout ce badinage,
Riait ; et son beau front, charmant enfantillage !
Sous ses cheveux tombants se cachait abrité,
Croyant faire à mes yeux éclipse de beauté.
Mais moi, joyeux amant, je riais plus haut qu'elle,
Car sous le blond manteau dont se couvrait la belle,
Je voyais, sans rien dire, en dépit de son jeu,
Briller sa lèvre rouge, et sa prunelle en feu !

De mon impatience, aux caresses portée,
La folle se moquait, jouant la Galatée ;
Puis, comme une Syrène apparue à fleur d'eau,
De ses cheveux touffus écartant le rideau,
Cessait, mais un peu tard, toute coquetterie ;
Pas un baiser, c'était mon tour de bouderie.
Alors, en me faisant un collier de ses bras,
Elle disait : Rimeur, vous ne m'embrassez pas?
J'étais peu difficile à réduire ; et caresse,
Et baiser ; nos deux cœurs battaient de même ivresse !

O souvenirs d'hier! rapides voluptés!
Que vous laissez de vide au cœur que vous quittez !
Vous que je chante ainsi, la lèvre tiède encore,
Vous n'avez pas pu voir la blanche épine éclore.
Malgré tous les serments et donnés et reçus,
Les bois ne nous ont point, sous leur dôme, aperçus ;
Car le jaloux survint, et nos amours à peine,
Comme dans la chanson, durèrent la semaine.

LE RIMEUR ABANDONNÉ.

A HENRY VERMOT.

En vain le printemps me caresse ;
En vain dans les jardins royaux
Je vais essayant mes pipeaux ;
Que chanter ? je suis sans maîtresse.

Je devrais, en solliciteur,
Frapper aux portes du théâtre.
Pourquoi, si nul beau sein d'albâtre
Ne bat aux vers du jeune auteur ?

A quoi bon remplir de ma prose
Le journal où X... est roi,
Si jamais aux pages de moi
Ne le feuillette un ongle rose ?

Aux suffrages de mon portier
Je n'eus jamais goût de ma vie.
Que Lucy m'écoute ravie,
Et je fais fi du monde entier.

Mais Lucy, pareille à Lesbie,
Car les femmes n'ont pas changé,
De cette honte m'a chargé,
Que jadis Catulle a subie.

Cette coupable au front vermeil
Loin de moi cherche aussi fortune.
Elle a dans ma couche importune
Trouvé sans charmes le sommeil.

J'aurais dû lire dans ses yeux
Que la belle aimait peu la rime ;
Mais quand son langage est sublime
Un rimeur se croire ennuyeux !

Quand j'allumais pour la barbare
De l'encens le docte réchaud.
Moi, deviner que le vin chaud
Lui plairait mieux, et le cigare !

Ainsi, dans l'abandon présent,
Juin a beau se faire superbe ;
Sans amour, je ne vois dans l'herbe
Ni la fleur, ni le ver luisant.

De mes chants la source est tarie,
Et j'en suis là que j'ai, deux fois,
Porté mes pas, comme un bourgeois,
Dans le palais de l'Industrie [1].

[1] C'était le temps de l'exposition des produits de l'industrie aux Champs-Elysées.

LA STATUE.

......Glyceræ nitor.
HORACE.

Dans les jardins royaux quand je vois ces Dianes,
Ces Vénus, étalant, belles formes profanes,
Aux regards enchantés leur marbre peu vêtu,
Je songe à toi, Lucy. Pourquoi donc ne viens-tu
Ou dans le Luxembourg, ou dans les Tuileries,
Lorsque des marronniers les grappes sont fleuries,
Que ne viens-tu, jetant par terre une Vénus,
Dévoiler, en son lieu, des charmes inconnus?
Sur le haut piédestal aussitôt que posée,
La peau par le soleil avidement baisée,
Les cheveux sur l'épaule épanchés, tu serais
Déesse proclamée où tu rayonnerais!
Et devant ton beau corps, nu jusqu'à la ceinture,
Ravi, n'ayant jamais vu pareille sculpture :

Ces bras qui de la neige ont toute la splendeur.
Ce torse pur, ce sein d'une exquise rondeur,
Sein qu'aurait consacré la statuaire ancienne,
Chacun dirait : vraiment, c'est la Vénus païenne !

SUR LES VIEUX RIMEURS FRANÇOIS.

A THÉOPHILE GAUTIER.

Nos vieux rimeurs parfois avaient du bon
En tours galants, en forme cadencée
Ils savaient l'art d'assouplir leur pensée
Pour célébrer Toinette ou Marion ;
Nos vieux rimeurs vraiment avaient du bon.

La rime alors opérait des prodiges.
Le vers coupé, symétrique, ondoyant

Était pareil à l'arbuste pliant
Dont en tous sens la main courbe les tiges :
Vraiment la rime opérait des prodiges.

C'était plaisir, c'était enchantement
De voir la main arrondir ces corbeilles ;
Puis quand l'image, ainsi que fleurs vermeilles,
Les emplissait de son rayonnement,
C'était plaisir, c'était enivrement !

Rajeunissons toute forme oubliée.
Si des aïeux les casques sont trop lourds,
En l'art du chant rivaux des troubadours,
Portons au luth une main déliée;
Rajeunissons toute forme oubliée.

VERSAILLES.

A DANIEL STERN.

Fuyant Paris, où, d'humeur irascible,
De l'aube au soir déclame le tribun
Qui nous rendra la liberté pénible,
Tant il en parle en un français commun ;

Quand, au travers des brumes envolées,
Un rayon luit, séjour du bon plaisir,
Soudain Versaille, en ses belles allées,
Me voit, l'hiver, accourant le saisir.

J'évoque là ce roi, tyran insigne,
Qui, de nos jours, si noir en main tableau,
D'humanité trahissant quelque signe,
Aimait Racine et consultait Boileau.

De tout destin dispensateur suprême,
Si ce despote, au cœur frappé soudain,
Voyait un front digne du diadème
Luire en sa cour, comme un lis au jardin ;

Alors, du haut de sa grandeur altière,
Aux yeux surpris des peuples prosternés,
Il s'approchait humble de la Vallière,
Et lui disait : « Je vous aime, ordonnez ! »

Poussez vos cris, bruyants énergumènes ;
Donnant carrière à vos poumons d'airain,
Proclamez haut les libertés humaines
Qu'il écrasait de son pied souverain.

J'aime ce roi, que le génie encense,
Jetant sa gloire, en astre [1] redouté,
Au monde empli de sa toute-puissance,
Qu'il n'abdiquait qu'aux mains de la beauté.

Mais, justement, voilà sur quoi vos blâmes
Tombent ainsi que grêle sur les toits,
Car, dites-vous, les caprices des femmes
Sous règne tel avaient force de lois.

Nul plus que moi ne respecte la charte ;
Si j'en devais, je paîrais mes impôts,
Et prudemment de mes lèvres j'écarte
Le trait malin fatal à mon repos.

Mais, si j'avais, je l'avoue, à défendre
Contre un pouvoir quelque droit délicat,

[1] On se rappelle que les armes de Louis XIV étaient un soleil, avec cette devise : *Nec pluribus impar*.

J'aimerais mieux, pour mon compte, dépendre
De Montespan que d'un laid avocat.

Bien peu, je crois, à lèvres si vermeilles
Pouvaient sourire ordres pleins de noirceur;
D'ailleurs, les fers, reçus de mains pareilles,
Ont, il me semble, encor quelque douceur.

AUX POËTES DE BOUDOIRS

DU 18e SIÈCLE.

On a beau dire, en ce siècle de prose
Rien ne vaut plus, ô poëtes badins!
Vos petits vers, ornés de faveur rose,
Où vous chantiez l'amour en muscadins.

Des voluptés tous aimables sectaires,
Servant le dieu des amours et des ris,
On vous voyait, abbés et mousquetaires,
Tourner en chœur des bouquets à Chloris.

Rimeurs ambrés, bien venus des marquises,
On vous choyait ; car alors on comprit
Que du bel air les façons tout exquises
Donnaient encore un lustre au bel esprit.

Maîtres passés en l'art des causeries,
De tous salons vous étiez l'ornement,
Et le souper, sans vos galanteries,
Aurait paru fade et sans agrément.

Vos douces lois trouvaient peu de rebelles,
Car vous aviez, philosophes cléments,
Livrant le cœur à son caprice, aux belles
De la constance évité les tourments.

Dans les boudoirs introduits en manchettes,
Poudrés, pimpants, vous posiez au hasard
Le madrigal du jour sur les toilettes,
Parmi le blanc, les mouches et le fard.

Mais les boudoirs, ô fortune suprême !
N'étaient pas seuls à s'ouvrir devant vous,
On dit tout bas que l'alcôve elle-même
N'était pas close à vos désirs jaloux.

Ainsi pour vous, ô légères natures !
Des cœurs profonds ignorant tous les maux,
La vie était un monde d'aventures,
Que vous semiez de vers et de bons mots.

Et quand, au bout de la course mortelle,
Sonnait enfin l'heure du grand sommeil,
Vous l'attendiez en jabot de dentelle,
D'un front serein, sous le rouge vermeil.

Oh ! dans la tombe, ou si prompt à vous suivre,
A des plaisirs disparu le secret,
Dormez heureux, sans désirer revivre :
Ce monde-ci ne vaut plus un regret !

Pour que du moins sa nuit vous soit sereine,
Il était temps que le tombeau vous prît ;
Car, de nos jours, la vulgarité reine
A détrôné les belles et l'esprit.

Il est encor des salons politiques
Où de pédants bourdonne un noir essaim ;
Mais, pour former des cercles poétiques,
Nous n'avons plus Lespinasse ou Tencin.

Nous n'avons plus la Pompadour, ni même
A son défaut, madame de Mailly
Qui, dans la coupe en cristal de Bohême,
Aux bras du roi, buvait si bien l'Aï

Compagne, hélas ! de sa fuite précoce.
Quand mai s'en va, la rose le rejoint ;
Puis, au milieu des gloires du négoce,
Ces beautés-là ne s'acclimatent point.

En nos débris pas une qui demeure !
Loin des bourgeois toutes ont pris leur vol :
Pas une encor qui pourrait à cette heure
Tendre à baiser sa main à Rivarol.

Oh ! que jamais nul de vous ne soulève
Son frais tombeau de myrtes ombragé ;
Il se croirait jouet d'un mauvais rêve,
S'il pouvait voir comme tout a changé.

Les dieux s'en vont ! Paphos a vu se taire
A son autel les chœurs agenouillés,
Et, depuis vous, les bosquets de Cythère
Au vent d'oubli se sont tous effeuillés.

Des beaux amours la troupe à l'aile blonde
A fui le temple en deuil, et Cupido
A tristement, pour se venger du monde,
Éteint sa torche, et rompu son bandeau.

Oh ! quels ennuis! quelle angoisse profonde !
Qu'un tel destin vous serait odieux,
S'il vous fallait revivre dans un monde
D'où sont partis vos belles et vos dieux !

Mieux vaut, rimeurs, sommeiller aux lieux sombres.
Les souvenirs du beau siècle vaincu,
Doux à vos cœurs, y consolent vos ombres.
Dormez en paix, heureux d'avoir vécu !

A LA MUSE.

> J'ai vu les saintes couronnes de la gloire profanées sur des fronts vulgaires.
>
> SCHILLER, *l'Idéal*.

Si nul pour toi n'a mon idolâtrie,
S'ils te sont sourds, ces hommes pleins de fiel,
Faut-il te taire, ô Muse, ô ma chérie !
Me laisser seul, et retourner au ciel ?

Veux-tu livrer à des douleurs pareilles
Ce pauvre cœur sous ta main palpitant ?
S'ils sont trop doux tes chants pour leurs oreilles,
Est-ce ma faute à moi qui t'aime tant ?

Si vers les cieux, fille de l'Empyrée,
Loin de mes bras tu déployais ton vol
Et me laissais, vainement conjurée,
Dans l'abandon retomber sur le sol.

Vivrais-je encor n'ayant plus, doux mystère
Devant les yeux tes célestes attraits,
Moi qui, tu sais, n'éprouvai sur la terre
D'autre bonheur que nos amours secrets.

Oh ! près de moi reste, toujours aimée,
Sur ton autel où mon culte assidu,
Avec la rose en offrande semée,
Fera monter tout l'encens qui t'est dû.

Sois sans regrets que ton beau front d'ivoire
Reste voilé, plein de pensers rêveurs ;
Qui ne serait dégoûté de la gloire,
A voir ceux-là pour qui sont ses faveurs ?

ÉPILOGUE.

I.

Quand il taillait dans son marbre vanté
Cette Vénus, merveille de beauté,
Le grand sculpteur avait plus d'un modèle

Si d'une Grecque il admirait le sein
Ou le bras pur : de son œuvre, à dessein,
Le sein alors ou le bras était d'elle.

Mais qu'elle vînt d'Athène ou de Milet,
La femme ainsi qu'à l'aide il appelait
Par un côté toujours était très-belle.

II.

Mes chants finis, dans mes strophes d'amour
Je vois passer Celles qui tour à tour
M'ont fait le cœur ému de tendre alarme.

Toutes étaient belles différemment.
L'une m'a pris à son fol enjoûment.
Dans sa langueur une autre avait son arme.

Mais cheveux noirs ou regards veloutés,
Bien qu'en effet diverses de beautés,
Ami lecteur, toutes avaient le charme !

TABLE.

Sur le titre. 5

Stances. Je n'ai pas de ces larges ailes. 6

Hymne a la jeunesse. 8

Stances. Pour ceux-là que l'âme tourmente. . . . 13

Les violettes. 15

Aux femmes. 16

Églantines et abeilles. 17

Carpe diem. 20

Les mains pleines de roses. 25

Badinage. 26

Villanelle. 27

Dans les bois de Meudon. 29

Des bords de la Creuse. 29

Rondeau. Le cœur s'abuse 30

Stances. Jeune encore, en mon ciel, sans voiles. . 31
Stances. Oh ! devant mon âme ravie. 33
Voeu. 35
Triolet. Les pleurs que je verse pour vous . . . 37
Stances. En vain, quand j'invoque la muse. 37
Rondeau. Tombeau du cœur. 40
Stances. Des blancs jasmins, des roses que d'un geste. 41
Stances. Si j'ouvre mes lèvres aux rimes. 42
Le laurier-rose. 44
La bergeronnette. 46
Vers écrits a l'Ermitage. 48
Le repos du coeur 49
Stances. Le front en sueur, les pieds las. 51
Sonnet. La dernière rose de l'été. 53
Stances. En ce monde où la tombe ouverte. . . . 55
Le rimeur a lui-même. 57
A Amaury. 59
Rossignols et jasmins. 61
Le clocher n'est plus au milieu du village. 63
Sur la question vinicole. 67
Distiques. 71
Tableau de genre. 73

Les rochers de Fongombeau 74
Greuze. 75
Paysage. 77
A un poëte épique 79
A Lucy. 80
Triolet. Ma belle et moi nous fîmes un marché. 81
A février. 82
Les projets déjoués. 83
Le rimeur abandonné. 86
La statue. 89
Sur les vieux rimeurs françois. 90
Versailles. 92
Aux poetes de boudoirs. 95
A la muse 101
Épilogue. 103

www.ingramcontent.com/pod-product-compliance
Ingram Content Group UK Ltd.
Pitfield, Milton Keynes, MK11 3LW, UK
UKHW021549260726
13993UKWH00002B/735

9 782329 430867